Damian Almaraz

Las Crónicas de la Sangre Eterna

Damian Almaraz

Las Crónicas de la Sangre Eterna

Damián Almaraz

Las Crónicas de la Sangre Eterna

Damian Almaraz

Dedicatoria

A todos los amantes de los vampiros y lectores del mundo,

Este libro está dedicado a ustedes, cuyas pasiones y sueños dan vida a las historias de la noche. Que encuentren en estas páginas un refugio de emoción, misterio y esperanza, y que la oscuridad de nuestros relatos siempre ilumine sus corazones.

Con gratitud y admiración,

Damián

Las Crónicas de la Sangre Eterna

Damian Almaraz

Tabla de Contenidos

Las Crónicas de la Sangre Eterna

Damian Almaraz

En un mundo donde la noche gobierna y la luna es testigo de incontables horrores, los vampiros han reinado sobre la humanidad durante siglos. Ciudades enteras se han convertido en enclaves oscuros, donde los humanos viven en constante temor, sirviendo como ganado para los inmortales. Las historias de libertad y resistencia se han desvanecido en susurros y leyendas, relegadas a los rincones más oscuros de la memoria colectiva.

Sin embargo, en las sombras, aún hay quienes luchan. La resistencia humana, formada por aquellos que no se han rendido a la desesperanza, busca una forma de romper las cadenas de la opresión vampírica. Durante generaciones, han reunido fragmentos de conocimiento antiguo, artefactos olvidados y susurros de poder arcano, con la esperanza de encontrar algo que pueda cambiar el curso de su destino.

Las Crónicas de la Sangre Eterna

Es en este contexto que surge una nueva esperanza: el Artefacto de la Sangre Eterna. Una reliquia ancestral, perdida en el tiempo, que se rumorea tiene el poder de revertir la inmortalidad de los vampiros. Encontrar este artefacto podría significar el fin del reinado oscuro y el comienzo de un nuevo amanecer para la humanidad.

La protagonista, una cazadora de vampiros llamada Aria, es seleccionada para liderar la misión más peligrosa jamás emprendida por la resistencia. Aria es conocida por su destreza, su valentía y su inquebrantable determinación. Marcada por las cicatrices de innumerables batallas, tanto físicas como emocionales, su misión es personal: su familia fue destruida por los vampiros cuando ella era solo una niña, y desde entonces ha jurado vengarse.

Aria y su equipo de élite, compuesto por los mejores guerreros y estrategas de la resistencia, se embarcan en un viaje que los llevará a través de ciudades en ruinas,

Las Crónicas de la Sangre Eterna

bosques encantados y castillos antiguos. Pero no estarán solos en esta búsqueda. Un vampiro disidente, Elías, quien ha vivido siglos de remordimiento y sufrimiento, decide unirse a ellos. Elías busca redimirse y poner fin a su existencia, ayudando a los humanos a destruir lo que él mismo ha ayudado a construir.

La alianza entre Aria y Elías es tensa y llena de desconfianza. Para la resistencia, trabajar con un vampiro es una herejía, pero Aria ve en Elías una oportunidad única. Juntos, deberán enfrentarse a enemigos poderosos, desentrañar secretos antiguos y superar sus propios demonios internos.

Mientras la luna se alza sobre el horizonte y las sombras se alargan, la verdadera batalla por la libertad está a punto de comenzar. El destino del mundo pende de un hilo, y solo aquellos que están dispuestos a sacrificarlo todo podrán cambiar el curso de la historia.

Las Crónicas de la Sangre Eterna

Capítulo 1
La Cazadora

Aria despertó antes del amanecer, cuando las primeras luces del día apenas comenzaban a colorear el horizonte. Se levantó de su cama dura y estiró sus músculos adoloridos, una rutina que había perfeccionado a lo largo de los años. Su habitación era austera, con paredes de piedra desnuda y un simple catre. No había lugar para lujos en la vida de una cazadora de vampiros.

Se vistió rápidamente con su ropa de combate: pantalones resistentes, una camisa ajustada y su chaqueta de cuero desgastada. Cada prenda tenía cicatrices de batallas pasadas, recordatorios de los enfrentamientos mortales que había sobrevivido. Sus botas, reforzadas con metal, resonaban en el suelo de piedra mientras se dirigía al arsenal.

El cuartel general de la resistencia estaba escondido en las profundidades de una montaña, protegido de los ojos inquisitivos de los vampiros. Aria se sentía más segura allí que en cualquier otro lugar del mundo, aunque sabía que la seguridad era una ilusión. En cualquier momento, podrían ser descubiertos.

En el arsenal, Aria inspeccionó sus armas. Su fiel ballesta, personalizada con runas antiguas para aumentar su efectividad contra los vampiros, estaba en perfectas condiciones. Tomó un carcaj lleno de flechas de punta de plata, afiladas y relucientes. Su espada, una hoja curva y ligera, descansaba en su vaina de cuero. La espada había pertenecido a su padre, un cazador legendario cuya memoria la impulsaba a seguir luchando.

Cuando Aria se disponía a salir, una figura apareció en la puerta. Era Marcus, el líder de la resistencia. Su rostro serio y sus ojos cansados reflejaban los años de lucha y sacrificio.

—Aria, necesitamos hablar —dijo Marcus, su voz grave.

Aria asintió y lo siguió hasta una sala de reuniones improvisada. Un mapa del territorio, marcado con posiciones enemigas y rutas de escape, cubría la mesa central. Alrededor de la mesa estaban los otros miembros del equipo de élite de Aria: Lina, la experta en explosivos; Derek, el rastreador silencioso; y Nadia, la estratega brillante.

Marcus se aclaró la garganta y empezó a hablar.

—Hemos recibido información de una fuente confiable. El Artefacto de la Sangre Eterna está en posesión de Lord Valerian, uno de los señores vampíricos más poderosos. Se encuentra en su fortaleza en las montañas negras, un lugar casi impenetrable.

Las Crónicas de la Sangre Eterna

Aria sintió un escalofrío recorrer su espalda. Lord Valerian era conocido por su crueldad y su astucia. Recuperar el artefacto de sus manos sería la misión más peligrosa que habían enfrentado.

—¿Cuál es el plan? —preguntó Aria, su voz firme y decidida.

Nadia tomó la palabra, desplegando un esquema detallado de la fortaleza.

—Nos infiltraremos en la fortaleza bajo la cobertura de la nochc. Derek y Lina se encargarán de desactivar las trampas y los sistemas de seguridad. Aria, tú y Marcus liderarán el asalto principal. Nuestra prioridad es encontrar y asegurar el artefacto. No podemos permitirnos fallar.

La tensión en la sala era palpable. Todos sabían lo que estaba en juego.

—Hay algo más —dijo Marcus, vacilando por un momento—. Un vampiro se ha ofrecido a ayudarnos. Dice que quiere redimirse y que conoce la fortaleza mejor que nadie.

La sorpresa recorrió el rostro de todos los presentes. Trabajar con un vampiro iba en contra de todo lo que habían jurado, pero la desesperación a veces requería medidas desesperadas.

—¿Podemos confiar en él? —preguntó Derek, con desconfianza en su voz.

—No lo sé —admitió Marcus—. Pero su conocimiento podría ser crucial. No podemos permitirnos rechazar ninguna ayuda.

Aria asintió, aceptando el desafío. Sabía que la misión sería arriesgada, pero no había otra opción. El destino de la humanidad dependía de ellos.

—Muy bien —dijo Aria, levantándose—. Preparémonos. Partimos al anochecer.

Mientras los demás se dispersaban para hacer sus preparativos, Aria se quedó mirando el mapa un momento más. La imagen de Lord Valieran y su fortaleza se grabó en su mente. Sabía que esta misión sería la más difícil de su vida, pero también la más importante. No fallaría. No podía permitirse fallar.

Capítulo 2
El Artefacto

La noche cayó rápidamente sobre el cuartel general de la resistencia. Las sombras se alargaban mientras Aria y su equipo se preparaban para la misión. El aire estaba cargado de tensión, y la urgencia de su tarea era palpable.

Aria se encontraba en la armería, revisando sus armas una vez más. Derek se le acercó en silencio, sus movimientos eran fluidos y calculados, como los de un depredador acechando a su presa.

—Estamos listos —dijo Derek, su voz apenas un susurro.

Aria asintió, sintiendo el peso de la responsabilidad sobre sus hombros. Tomó su ballesta y su espada, asegurándose de que estaban firmemente sujetos. Sus ojos se encontraron con los de Derek, y en ese momento, un entendimiento silencioso pasó entre ellos. Sabían lo que estaba en juego.

El equipo se reunió en la entrada del cuartel. Marcus estaba al frente, con su rostro grave y su postura firme. Lina y Nadia ajustaban sus equipos, preparándose para lo que estaba por venir.

—Escuchen todos —dijo Marcus, su voz resonando en la caverna—. Esta misión es crítica. No podemos permitirnos errores. Nos dirigimos a la fortaleza de Lord Valieran para recuperar el Artefacto de la Sangre Eterna. Sabemos que el riesgo es alto, pero también lo es la recompensa. La libertad de la humanidad depende de nosotros.

Los miembros del equipo asintieron en silencio, cada uno aceptando el peso de la misión. Aria se acercó a Marcus y le dio una palmada en el hombro.

—Estamos listos —dijo con determinación.

Las Crónicas de la Sangre Eterna

Marcus sonrió levemente y asintió.

—Muy bien. Vámonos.

El equipo se movió en silencio a través de los túneles subterráneos, emergiendo finalmente en el bosque oscuro que rodeaba su cuartel. La luna llena brillaba intensamente, iluminando su camino mientras se dirigían hacia las montañas negras, donde se encontraba la fortaleza de Lord Valieran.

El viaje fue largo y arduo. Cada paso los acercaba más a su destino, y cada sombra parecía ocultar un peligro potencial. Aria mantenía sus sentidos agudos, alerta a cualquier señal de amenaza.

Cuando finalmente llegaron a las cercanías de la fortaleza, se encontraron con una figura alta y delgada esperando en la oscuridad. Era Elías, el vampiro disidente. Su presencia era imponente, y sus ojos brillaban con un resplandor sobrenatural.

Las Crónicas de la Sangre Eterna

—Ustedes deben ser la resistencia —dijo Elías, su voz suave y profunda.

Aria dio un paso adelante, su mano descansando sobre la empuñadura de su espada.

—Soy Aria, y ellos son mi equipo. Marcus, Derek, Lina y Nadia. ¿Por qué deberíamos confiar en ti?

Elías sonrió levemente, mostrando sus colmillos afilados.

—Porque quiero lo mismo que ustedes. Quiero destruir a Lord Valieran y poner fin a su reinado de terror. Conozco esta fortaleza mejor que nadie. Puedo llevarlos al artefacto.

Marcus observó a Elías con desconfianza, pero finalmente asintió.

—Muy bien. Pero si nos traicionas, no tendrás una segunda oportunidad.

Las Crónicas de la Sangre Eterna

Elías inclinó la cabeza en señal de aceptación.

—Lo entiendo. No los defraudaré.

El grupo se adentró en la oscuridad, con Elías guiándolos a través de los caminos ocultos y los pasadizos secretos de la fortaleza. Cada paso era un riesgo calculado, y el silencio era su mayor aliado.

Llegaron a una entrada oculta, cubierta por espesas enredaderas. Elías apartó las plantas, revelando un túnel estrecho que descendía hacia las entrañas de la fortaleza.

—Este túnel nos llevará directamente a la sala del trono de Valieran —explicó Elías—. Desde allí, podremos acceder a la cámara donde guarda el artefacto.

Aria asintió y lideró la marcha, con su equipo siguiéndola de cerca. El túnel estaba oscuro y húmedo, y el eco de sus pasos resonaba en las paredes de piedra. La tensión aumentaba con cada paso, pero la determinación de Aria nunca flaqueaba.

Finalmente, emergieron en una gran sala iluminada por antorchas. El trono de Valieran se alzaba al fondo, tallado en piedra negra y adornado con símbolos antiguos. Pero el trono estaba vacío. Valieran no estaba allí.

—Rápido —susurró Elías—. La cámara del artefacto está detrás de esa puerta.

El grupo se dirigió hacia una puerta pesada de madera al otro lado de la sala. Aria empujó la puerta, revelando una pequeña cámara llena de estanterías repletas de objetos antiguos y reliquias. En el centro de la sala, sobre un pedestal de piedra, descansaba el Artefacto de la Sangre Eterna.

El artefacto era un cáliz de plata, adornado con gemas oscuras que brillaban con una luz propia. Aria sintió una ola de poder emanar del cáliz, y supo que habían encontrado lo que buscaban.

Las Crónicas de la Sangre Eterna

Damian Almaraz

—Ahí está —susurró Lina—. Lo tenemos.

Pero antes de que pudieran acercarse, un estruendo resonó por la sala. La puerta de la cámara se cerró de golpe, y una figura apareció en la entrada.

Era Lord Valieran, su rostro iluminado por una sonrisa cruel.

—Así que han venido por mi artefacto —dijo Valieran, su voz goteando desprecio—. Qué patético intento.

Aria desenfundó su espada, preparada para luchar.

—No permitiremos que sigas usando este poder para esclavizar a la humanidad, Valieran.

Valieran río, un sonido oscuro y amenazante.

—Veremos cuánto tiempo puedes mantener esa determinación, cazadora.

Las Crónicas de la Sangre Eterna

Damian Almaraz

La batalla estaba a punto de comenzar, y el destino de la misión pendía de un hilo.

Las Crónicas de la Sangre Eterna

Capítulo 3
El Vampiro Disidente

La tensión en la sala era palpable. Aria mantuvo su espada en alto, lista para atacar a Lord Valieran. Sus compañeros se posicionaron a su alrededor, preparados para la batalla. Elías, sin embargo, avanzó un paso, colocando su mano sobre el hombro de Aria.

—Déjame hablar con él primero —dijo Elías en voz baja.

Aria dudó por un momento, pero asintió. No tenía nada que perder escuchando lo que Elías tenía que decir.

—Valieran —comenzó Elías, su voz resonando en la cámara—. Hemos sido aliados durante siglos, pero hoy estoy aquí para poner fin a tu tiranía. La opresión que ejerces sobre los humanos debe terminar.

Valerian lo miró con una mezcla de sorpresa y desprecio.

—Elías, siempre supe que tenías un lado débil, pero esto es un nuevo nivel de traición. ¿Te has aliado con la escoria humana?

—No son escoria —respondió Elías con firmeza—. Son seres con derechos y vidas que merecen vivir en libertad. He visto el sufrimiento que hemos causado, y ya no puedo ser parte de ello.

Valerian sonrió con desdén.

—Entonces, estás dispuesto a morir por ellos. Muy bien, Elías. Te concederé ese deseo.

Con un movimiento veloz, Valerian se lanzó hacia Elías. Aria, reaccionando instintivamente, se interpuso, bloqueando el ataque con su espada. El choque de metales resonó en la sala mientras ambos luchaban con una velocidad y fuerza sobrenaturales.

Derek y Lina se movieron rápidamente para desactivar cualquier trampa que Valerian pudiera haber preparado, mientras Nadia se centraba en encontrar una ruta de escape segura en caso de que las cosas se complicaran.

Elías observaba la batalla con un conflicto interno visible en su rostro. Finalmente, decidió intervenir. Con un rugido, se lanzó hacia Valerian, derribándolo al suelo. La lucha se volvió aún más feroz, con Valerian utilizando todas sus habilidades vampíricas para intentar vencerlos.

—¡Ahora! —gritó Aria—. ¡A por el artefacto!

Lina y Derek corrieron hacia el pedestal donde se encontraba el cáliz. Lina extendió la mano para tomarlo, pero en cuanto sus dedos rozaron la plata, una fuerza invisible la lanzó hacia atrás.

Las Crónicas de la Sangre Eterna

—¡El cáliz está protegido! —gritó Lina, recuperándose del impacto.

Valerian sonrió, su voz cargada de burla.

—¿Creen que sería tan fácil? Este artefacto es mío por derecho. Ninguno de ustedes podrá tocarlo sin enfrentar su poder.

Aria sintió la desesperación crecer dentro de ella. Necesitaban encontrar una forma de superar la barrera mágica que protegía el cáliz. Sus ojos se encontraron con los de Elías, quien parecía comprender sus pensamientos.

—Hay una forma —dijo Elías—. Pero necesitaré tu ayuda, Aria.

—¿Qué necesitas que haga? —preguntó Aria, decidida.

—Debemos combinar nuestras energías —explicó Elías—. Tu sangre y la mía, juntas, pueden romper la barrera. Pero será peligroso.

Aria asintió, sin dudar. No tenían otra opción.

—Hagámoslo.

Elías se acercó a ella, y ambos se hicieron cortes en la palma de sus manos. Luego, unieron sus manos, dejando que su sangre se mezclara. Una oleada de energía recorrió sus cuerpos, resonando con el poder del cáliz.

—Ahora, toca el cáliz —dijo Elías, su voz apenas un susurro.

Aria extendió la mano temblorosa hacia el cáliz. Esta vez, no hubo resistencia. Sus dedos se cerraron alrededor de la plata fría, y la barrera mágica se desvaneció con un brillo cegador.

Valerian, dándose cuenta de lo que estaba ocurriendo, rugió de furia y se lanzó hacia ellos. Pero era demasiado tarde. Aria levantó

Las Crónicas de la Sangre Eterna

el cáliz, sintiendo su poder fluir a través de ella. Con un grito de desafío, invocó la energía del artefacto.

Una explosión de luz llenó la sala, lanzando a Valerian y a los demás contra las paredes. Cuando la luz se desvaneció, Valerian yacía en el suelo, debilitado y mortal por primera vez en siglos.

Aria se acercó a él, con el cáliz aún brillando en su mano.

—Tu reinado ha terminado, Valerian.

Con un último esfuerzo, Valerian intentó levantarse, pero sus fuerzas lo abandonaron. Con un grito final de desesperación, se desintegró en polvo, dejando solo un vacío donde una vez había estado.

La batalla había terminado. La misión había sido un éxito.

Las Crónicas de la Sangre Eterna

Capítulo 4
La Alianza Inesperada

El silencio llenó la sala mientras las partículas de polvo se asentaban, marcando el fin de Lord Valerian. Aria sostuvo el cáliz, su brillo aún radiante, mientras sus compañeros se levantaban lentamente, aturdidos pero ilesos.

—Lo logramos —dijo Nadia, con incredulidad en su voz.

Aria asintió, sintiendo una mezcla de alivio y agotamiento. El artefacto estaba en sus manos, pero sabían que su misión aún no había terminado.

—Debemos salir de aquí antes de que llegue más de la guardia de Valerian —dijo Marcus, siempre práctico.

Elías, con su expresión severa pero agradecida, se acercó a Aria.

—Has demostrado una gran valentía, Aria. Ahora debemos asegurarnos de que este artefacto sea utilizado correctamente.

Aria asintió, sintiendo la gravedad de sus palabras. Juntos, se dirigieron hacia la salida de la fortaleza, guiados por el conocimiento de Elías sobre los pasadizos secretos.

Mientras avanzaban, el silencio fue roto por el sonido de pasos rápidos y murmullos. Un grupo de vampiros guardianes apareció al final del pasillo, sus ojos brillando con intención hostil.

—¡Rápido! —gritó Derek—. ¡Vienen por nosotros!

El equipo se movió con rapidez y precisión. Lina lanzó una granada de humo que llenó el pasillo, creando una cortina que les permitió avanzar sin ser vistos. Con Elías liderando, encontraron una salida oculta que los llevó fuera de la fortaleza.

La noche estaba fría y silenciosa cuando emergieron en el bosque. El equipo se detuvo un momento para recuperar el aliento y evaluar su situación.

—Tenemos que regresar al cuartel general cuanto antes —dijo Marcus—. El artefacto debe ser protegido a toda costa.

Aria miró a Elías, sabiendo que había mucho más en juego.

—Elías, ¿qué sabes sobre cómo utilizar este artefacto?

Elías suspiró, su mirada fija en el cáliz.

—El cáliz tiene el poder de revertir la inmortalidad de los vampiros, pero su uso es peligroso. Requiere un sacrificio de sangre pura y la voluntad de aceptar las consecuencias. Es un poder que no debe tomarse a la ligera.

—Entonces debemos asegurarnos de que caiga en las manos correctas —dijo Aria con determinación.

Comenzaron su viaje de regreso al cuartel general, moviéndose rápidamente y con cautela a través del bosque. Sabían que no estaban a salvo hasta que llegaran a su refugio.

Al amanecer, llegaron a la entrada secreta del cuartel general. El equipo estaba exhausto pero triunfante. Los demás miembros de la resistencia los recibieron con alivio y admiración.

—Lo logramos —dijo Marcus—. El artefacto está a salvo.

Aria y Elías llevaron el cáliz a la cámara de seguridad, donde sería protegido hasta que descubrieran cómo utilizarlo correctamente.

Las Crónicas de la Sangre Eterna

Mientras lo colocaban en una caja de cristal reforzado, Aria se volvió hacia Elías.

—Agradezco tu ayuda, Elías. No podríamos haberlo hecho sin ti.

Elías asintió, su rostro marcado por una expresión de gratitud y resignación.

—Espero que encuentren la forma de usarlo para bien. Mi tiempo se está acabando, Aria. He vivido demasiado tiempo y he visto demasiadas cosas. Solo deseo que mi contribución pueda redimir mis pecados.

Aria sintió una punzada de compasión por el vampiro que había decidido arriesgarlo todo por un bien mayor.

—Tienes una nueva oportunidad ahora, Elías. Puedes ayudarnos a construir un futuro mejor.

Elías sonrió débilmente.

Las Crónicas de la Sangre Eterna

—Haré lo que pueda. Pero recuerda, el verdadero poder no está en este cáliz, sino en las decisiones que tomamos. No permitas que el poder te corrompa.

Aria asintió, comprendiendo la sabiduría en sus palabras.

—No lo permitiré.

Con el artefacto seguro y la amenaza de Valerian eliminada, la resistencia tenía una nueva esperanza. Pero sabían que el camino por delante sería largo y arduo. La lucha por la libertad no había terminado, y nuevos desafíos los aguardaban.

Aria miró a sus compañeros, sintiendo una renovada determinación.

—Hemos dado un gran paso hoy, pero nuestra misión continúa. No descansaremos hasta que todos los vampiros sean derrotados y la humanidad sea libre.

Las Crónicas de la Sangre Eterna

El equipo asintió, sus espíritus unidos por un propósito común.

Mientras la luz del sol comenzaba a iluminar el cuartel general, Aria sabía que el verdadero trabajo apenas estaba comenzando. Con el apoyo de sus amigos y la sabiduría de Elías, estaba preparada para enfrentar cualquier desafío que se interpusiera en su camino.

Las Crónicas de la Sangre Eterna

Capítulo 5
La Primera Batalla

La noticia de la caída de Lord Valerian y la recuperación del Artefacto de la Sangre Eterna se esparció rápidamente entre los miembros de la resistencia. La atmósfera en el cuartel general estaba cargada de una mezcla de esperanza y nerviosismo. Habían logrado un gran avance, pero sabían que su lucha estaba lejos de terminar.

Aria y su equipo apenas habían tenido tiempo para descansar cuando Marcus los convocó a una reunión de emergencia. En la sala de estrategia, un gran mapa del territorio estaba desplegado sobre la mesa, marcado con las posiciones conocidas de los señores vampíricos restantes.

—Tenemos información de que los aliados de Valerian están planeando un ataque contra nosotros —dijo Marcus, su rostro grave—.

Saben que tenemos el artefacto y no se detendrán ante nada para recuperarlo.

Aria frunció el ceño. Sabía que esto era solo el comienzo de una serie de enfrentamientos que definirían el futuro de la resistencia.

—¿Cuánto tiempo tenemos? —preguntó Derek, siempre el pragmático.

—No mucho —respondió Marcus—. Los exploradores reportan movimientos inusuales en el bosque. Están movilizando sus fuerzas hacia aquí. Debemos prepararnos para defendernos.

Nadia se inclinó sobre el mapa, trazando posibles rutas de ataque y defensas.

—Podemos fortificar la entrada principal y establecer puntos de emboscada aquí y aquí —dijo, señalando puntos estratégicos—. Necesitamos usar el terreno a nuestro favor.

Las Crónicas de la Sangre Eterna

Lina asintió, ya pensando en las trampas y explosivos que podría desplegar.

—Haré que cada paso que den les cueste caro —dijo con determinación.

Aria se volvió hacia Elías, quien había permanecido en silencio, observando el plan con atención.

—Elías, ¿qué puedes decirnos sobre sus tácticas? ¿Qué debemos esperar?

Elías cruzó los brazos, su expresión pensativa.

—Atacarán con todo lo que tienen. Querrán recuperar el artefacto rápidamente y sin misericordia. Sus fuerzas están bien entrenadas y son despiadadas. Pero también confían demasiado en su superioridad. Podemos usar eso en su contra.

Marcus asintió.

—Muy bien, todos tienen sus órdenes. Nos preparamos para la batalla. No dejaremos que nos quiten lo que hemos ganado con tanto esfuerzo.

El equipo se dispersó, cada uno asumiendo sus responsabilidades con una determinación renovada. Aria se dirigió al arsenal para asegurarse de que todas las armas estuvieran listas. La presión de la próxima batalla pesaba sobre ella, pero también sentía una energía implacable que la impulsaba.

Cuando la noche cayó, el cuartel general estaba en máxima alerta. Las sombras se movían con una extraña vitalidad, y el aire estaba cargado con la expectativa de lo inevitable. Aria y su equipo se posicionaron en puntos estratégicos, esperando el primer indicio de movimiento enemigo.

El silencio de la noche fue roto por un sonido distante, casi imperceptible al principio. Luego, se hizo más fuerte: el sonido de muchos pies marchando, ramas crujientes y murmullos apagados. Los vampiros estaban llegando.

De repente, una explosión resonó en la distancia, seguida por gritos y el sonido de combate. Lina había activado sus primeras trampas, y el enfrentamiento había comenzado.

Aria se movió con precisión, liderando a su equipo hacia los puntos de defensa. Las primeras oleadas de vampiros se estrellaron contra sus posiciones, y la batalla se desató con una ferocidad indescriptible.

Las flechas de plata de Aria volaban con precisión mortal, derribando a los enemigos que se acercaban demasiado. Derek se movía como una sombra, atacando desde las sombras y desapareciendo antes de que los vampiros pudieran reaccionar. Lina detonaba explosivos con una sonrisa feroz en su rostro, disfrutando del caos que sembraba entre las filas enemigas.

Las Crónicas de la Sangre Eterna

Elías luchaba junto a ellos, sus habilidades vampíricas desatadas contra sus antiguos aliados. Su presencia era un recordatorio constante de la frágil alianza entre humanos y vampiros, pero también de la posibilidad de redención.

La batalla continuó durante horas, con cada bando dando y recibiendo golpes mortales. Aria sintió la fatiga empezar a instalarse, pero su determinación no flaqueó. Sabía que no podían permitirse perder esta batalla.

En un momento de tregua, cuando los enemigos parecían haberse retirado temporalmente, Marcus reunió al equipo para una rápida evaluación.

—Estamos aguantando, pero no por mucho tiempo —dijo, con preocupación en su voz—. Necesitamos un golpe decisivo para romper su moral.

Aria miró a Elías, una idea formándose en su mente.

—Elías, ¿puedes enfrentarte a su líder? Si logramos derribarlo, podría desmoralizar a sus fuerzas.

Elías asintió, sabiendo que era una misión peligrosa.

—Lo haré. Pero necesitaré cobertura. No puedo enfrentarme a él solo.

—Te cubriremos —dijo Derek, su voz firme.

El plan fue acordado rápidamente. Elías se adentraría en las filas enemigas para buscar y confrontar al líder, mientras el equipo proporcionaba apoyo desde la distancia.

La siguiente fase de la batalla comenzó con una intensidad renovada. Elías avanzó con una velocidad y ferocidad que solo un vampiro podía mostrar, abriéndose paso entre los enemigos con una fuerza implacable. Aria, Derek, Lina y Nadia lo seguían de cerca, eliminando cualquier amenaza que se interpusiera en su camino.

Las Crónicas de la Sangre Eterna

Finalmente, Elías localizó al líder enemigo, un vampiro imponente conocido como Ragnar. Los dos se enfrentaron en un duelo feroz, con chispas volando cada vez que sus armas chocaban.

—¡Ahora! —gritó Aria, lanzando una flecha que pasó rozando a Ragnar, distrayéndolo lo suficiente para que Elías pudiera darle un golpe devastador.

Ragnar cayó de rodillas, su expresión de incredulidad y furia. Elías no dudó y lo decapitó con un movimiento rápido y decidido. La muerte de su líder causó una conmoción entre las fuerzas enemigas, que comenzaron a retirarse en desorden.

La resistencia había ganado la primera batalla, pero sabían que la guerra estaba lejos de terminar. Sin embargo, la victoria les dio un nuevo impulso, una esperanza renovada.

Aria miró a su equipo, agotada pero victoriosa.

Las Crónicas de la Sangre Eterna

Damian Almaraz

—Esto es solo el comienzo —dijo, con una sonrisa cansada pero determinada—. Seguiremos luchando hasta que la humanidad sea libre.

Sus compañeros asintieron, sus espíritus elevados por la victoria. La resistencia tenía una nueva razón para seguir adelante, y con el Artefacto de la Sangre Eterna en sus manos, sabían que tenían una oportunidad real de cambiar el curso de la historia.

Las Crónicas de la Sangre Eterna

Capítulo 6
Secretos Revelados

Con la primera batalla ganada y los vampiros enemigos en retirada, el cuartel general de la resistencia se llenó de una calma inquietante. Aunque sabían que más confrontaciones eran inevitables, la victoria les había dado un respiro necesario. Aria y su equipo aprovecharon la oportunidad para reagruparse y planificar sus próximos movimientos.

Mientras los demás descansaban, Aria se dirigió a la cámara de seguridad donde se guardaba el Artefacto de la Sangre Eterna. El cáliz, colocado en una caja de cristal reforzado, irradiaba una luz tenue y pulsante. Era un objeto de poder inmenso, y Aria sentía la responsabilidad de comprenderlo completamente antes de decidir cómo usarlo.

Elías la siguió, su presencia siempre tranquila y contemplativa.

—Aria, hay algo que debes saber sobre el cáliz —dijo Elías, rompiendo el silencio.

Aria lo miró, su curiosidad despertada.

—¿Qué es?

Elías se acercó al cáliz, su mirada fija en las gemas oscuras que adornaban su superficie.

—El Artefacto de la Sangre Eterna no solo puede revertir la inmortalidad de los vampiros. También tiene el poder de otorgar la inmortalidad a los humanos. Es un objeto de dualidad extrema: puede dar vida eterna o quitarla.

Aria sintió un escalofrío recorrer su espalda.

—¿Cómo lo sabes?

Las Crónicas de la Sangre Eterna

—He estudiado los textos antiguos durante siglos —respondió Elías—. Este cáliz fue creado por un antiguo consejo de vampiros y brujos que buscaban equilibrar el poder entre las dos especies. Su uso siempre ha sido un secreto bien guardado, conocido solo por unos pocos.

Aria se acercó al cáliz, sintiendo la energía que emanaba de él.

—Entonces, ¿cómo lo usamos de manera segura?

Elías suspiró.

—Eso es lo complicado. El ritual para revertir la inmortalidad requiere un sacrificio de sangre pura, pero no cualquier sangre. Debe ser la sangre de alguien que sea puro de corazón y que esté dispuesto a sacrificar su vida por el bien de los demás.

Aria se quedó en silencio, comprendiendo la magnitud del sacrificio necesario.

Las Crónicas de la Sangre Eterna

—No podemos pedirle a nadie que haga eso —dijo finalmente—. Debe ser una decisión voluntaria.

Elías asintió.

—Lo sé. Pero también debes considerar que hay quienes buscarán usar el cáliz para otorgar inmortalidad. Debemos protegerlo a toda costa.

En ese momento, Marcus entró en la cámara, interrumpiendo la conversación.

—Aria, hemos encontrado algo en los documentos que trajimos de la fortaleza de Valerian. Necesitas verlo.

Aria y Elías siguieron a Marcus hasta la sala de reuniones, donde Nadia y Derek estaban examinando varios manuscritos antiguos. Sobre la mesa había un mapa detallado de lo que parecía ser una red de túneles subterráneos y cámaras ocultas.

—Estos documentos pertenecían a Valerian —explicó Nadia—. Parece que estaba buscando algo más que el artefacto. Según estos mapas, hay una cámara oculta bajo las montañas negras que contiene un segundo artefacto. Uno que puede amplificar el poder del cáliz.

Aria miró el mapa, su mente trabajando rápidamente.

—¿Qué sabemos sobre este segundo artefacto?

—Muy poco —admitió Derek—. Pero si Valerian estaba interesado en él, debe ser extremadamente poderoso.

Elías miró el mapa con una expresión de reconocimiento.

—Ese es el Orbe de la Oscuridad. Es un objeto que puede amplificar y manipular cualquier tipo de magia. Si cae en las manos equivocadas, podría desatar un poder inimaginable.

Aria sintió una oleada de determinación.

—Entonces debemos encontrarlo antes que ellos. No podemos permitir que ese poder sea utilizado contra nosotros.

Marcus asintió, trazando una ruta en el mapa.

—Nos dirigiremos a las montañas negras al amanecer. Preparen sus equipos. Esta misión es crítica.

El equipo se dispersó para hacer sus preparativos, conscientes de la importancia de su próxima misión. Aria se quedó un momento más, mirando el mapa y pensando en lo que les esperaba.

Elías se acercó a ella, su voz suave pero firme.

—Aria, esta misión será peligrosa. Debes estar preparada para enfrentar lo peor.

Aria asintió, su determinación renovada.

—Lo estoy. Y sé que no estoy sola en esto.

Con el amanecer acercándose, el equipo se preparó para embarcarse en una nueva misión, conscientes de que el destino del mundo dependía de su éxito. Aria lideró la marcha, confiada en sus habilidades y en el apoyo de sus compañeros.

Mientras el sol se levantaba sobre el horizonte, iluminando el camino hacia las montañas negras, Aria sabía que la verdadera batalla estaba aún por comenzar. Con el cáliz en su posesión y la esperanza de encontrar el Orbe de la Oscuridad, la resistencia tenía una oportunidad real de cambiar el curso de la historia.

Pero sabían que no sería fácil. El camino estaba lleno de peligros, y las fuerzas oscuras

Las Crónicas de la Sangre Eterna

no se detendrían ante nada para mantener su control. Aria y su equipo estaban listos para enfrentar cualquier desafío, decididos a luchar por la libertad y la justicia.

Las Crónicas de la Sangre Eterna

Capítulo 7
La Traición

El equipo de Aria se movió rápidamente a través del bosque al amanecer, dejando atrás el cuartel general de la resistencia. Su objetivo estaba claro: encontrar el Orbe de la Oscuridad antes de que cayera en las manos equivocadas. Con Elías guiándolos, avanzaron hacia las montañas negras, una región conocida por sus peligros y misterios.

La marcha fue larga y agotadora. El terreno escarpado y las sombras inquietantes de los árboles hacían que cada paso fuera una lucha. Pero la determinación del equipo no flaqueó. Sabían que el éxito de su misión era crucial para la supervivencia de la humanidad.

Al caer la noche, encontraron un lugar seguro para acampar. Mientras se instalaban, Aria y Elías estudiaron el mapa que habían recuperado de la fortaleza de Valerian. Las indicaciones eran vagas, pero sugerían que el Orbe de la Oscuridad estaba escondido en una cámara subterránea, protegida por antiguas trampas y guardianes.

—Debemos estar preparados para cualquier cosa —dijo Elías, su mirada fija en el mapa—. Este lugar ha sido diseñado para mantener a la gente fuera, y con razón.

—No tenemos otra opción —respondió Aria—. Debemos conseguir ese orbe.

Mientras discutían los detalles del plan, Derek se acercó, su rostro grave.

—Tenemos compañía —dijo en voz baja.

Aria y Elías se levantaron rápidamente, siguiendo a Derek hasta el borde del campamento. En la distancia, entre las sombras de los árboles, vieron figuras moviéndose con sigilo. No había duda: los vampiros los habían encontrado.

—¡A las armas! —gritó Aria, desenvainando su espada.

El equipo se preparó para el combate, formando un círculo defensivo. Los vampiros emergieron de las sombras, sus ojos brillando con una intención asesina. La batalla comenzó de inmediato, con el sonido de espadas chocando y gritos resonando en la noche.

Aria se movía con una gracia letal, eliminando a los enemigos que se le acercaban. Lina lanzó explosivos improvisados, creando barreras de fuego que frenaban el avance de los vampiros. Derek se movía con agilidad, atacando desde las sombras y desapareciendo antes de que los vampiros pudieran reaccionar.

En medio del caos, Aria notó algo extraño. Algunos de los vampiros parecían estar atacando con una coordinación inusualmente precisa. Era como si supieran exactamente dónde y cómo golpear.

Las Crónicas de la Sangre Eterna

—Elías —gritó Aria, mientras esquivaba un ataque—. Algo no está bien. Parecen saber nuestros movimientos.

Elías frunció el ceño, eliminando a un vampiro antes de acercarse a Aria.

—Tienes razón. Esto no es una coincidencia.

Antes de que pudieran discutir más, un grito resonó en el aire. Aria se giró y vio a Marcus, su rostro contorsionado por el dolor. Un vampiro lo había atrapado por sorpresa, y su vida estaba en peligro.

Aria corrió hacia él, pero antes de que pudiera llegar, el vampiro fue derribado por una flecha disparada por Derek. Marcus cayó al suelo, herido pero vivo.

—¡Marcus! —gritó Aria, arrodillándose a su lado—. ¿Estás bien?

Marcus asintió débilmente, su respiración entrecortada.

—Estoy... estoy bien. Solo un rasguño.

Mientras Aria ayudaba a Marcus a levantarse, una figura se destacó en la oscuridad. Era un vampiro alto y esbelto, con una sonrisa siniestra en su rostro.

—Así que aquí están los héroes de la resistencia —dijo el vampiro, su voz cargada de burla—. Ha sido un placer encontrarlos.

Aria estrechó los ojos, reconociendo la voz.

—¿Quién eres? ¿Cómo nos encontraste?

El vampiro rió, un sonido oscuro y amenazante.

—Mi nombre es Lucían, y no fue difícil seguir su rastro. Tienen a un traidor entre ustedes.

Aria sintió un escalofrío recorrer su espalda. Miró a sus compañeros, buscando cualquier señal de traición. Pero antes de que pudiera decir algo, Lucían lanzó una daga en su dirección. Aria se apartó justo a tiempo, y la daga se clavó en el árbol detrás de ella.

La batalla se reanudó con una intensidad renovada. Aria se enfrentó a Lucían, su espada chocando con la suya en una serie de movimientos rápidos y precisos. Cada golpe y cada parry eran como un baile mortal, una prueba de habilidades y voluntad.

—Ríndete, humana —gruñó Lucían, sus ojos brillando con odio—. No tienes ninguna posibilidad.

—Nunca —respondió Aria, con una determinación inquebrantable.

Con un movimiento rápido, Aria logró desarmar a Lucían y derribarlo al suelo. Antes de que pudiera recuperar su arma, Aria lo inmovilizó, su espada apuntando a su cuello.

—¿Quién es el traidor? —exigió saber, su voz llena de furia.

Lucían sonrió, a pesar de su posición vulnerable.

—Es alguien en quien confías, alguien que ha estado cerca de ti todo el tiempo.

Antes de que pudiera decir más, un disparo resonó en la noche. Lucían se estremeció y cayó, un agujero sangrante en su pecho. Aria se giró y vio a Marcus con una pistola en la mano, su rostro inexpresivo.

—No podía dejar que revelara más —dijo Marcus, guardando el arma.

Aria asintió lentamente, pero una sensación de desconfianza comenzó a crecer en su interior. Había algo que no cuadraba.

La batalla había terminado, y los vampiros supervivientes se retiraban. El equipo se

Las Crónicas de la Sangre Eterna

reunió, tratando de procesar lo que había sucedido.

—Debemos seguir adelante —dijo Marcus, con firmeza—. No podemos permitir que esto nos detenga.

Aria asintió, aunque su mente estaba llena de preguntas. Sabía que la traición estaba entre ellos, y que debían descubrir la verdad antes de que fuera demasiado tarde.

Con el amanecer acercándose, el equipo se preparó para continuar su misión. Aria miró a sus compañeros, su determinación renovada.

—Vamos. Encontraremos el orbe y protegeremos el artefacto. No dejaremos que nada nos detenga.

Mientras se adentraban más en las montañas negras, Aria sabía que el camino sería peligroso. Pero también sabía que no podían rendirse. La lucha por la libertad continuaba,

Las Crónicas de la Sangre Eterna

y estaban dispuestos a enfrentar cualquier obstáculo para lograrlo.

Las Crónicas de la Sangre Eterna

Capítulo 8
La Última Esperanza

El equipo continuó su marcha hacia las montañas negras, avanzando con cautela y en silencio. Aria no podía sacudirse la inquietante sensación de que alguien los estaba traicionando desde dentro. Lucían había sembrado la semilla de la desconfianza, y Aria sabía que tenía que estar alerta.

El terreno se volvía más difícil a medida que ascendían, con rocas afiladas y caminos estrechos que ponían a prueba su resistencia. Finalmente, después de horas de caminata, llegaron a una entrada oculta en la ladera de la montaña, tal como indicaba el mapa. La entrada estaba cubierta de musgo y enredaderas, y parecía haber estado cerrada durante siglos.

—Aquí es —dijo Elías, mirando la entrada con una mezcla de reverencia y preocupación—. Debemos tener cuidado. Las trampas y guardianes que protegen el Orbe de la Oscuridad son letales.

Lina se adelantó, examinando la entrada en busca de trampas. Después de unos minutos, asintió.

—Está claro. Podemos pasar, pero debemos ser extremadamente cuidadosos.

El equipo se adentró en la cueva, avanzando lentamente por el túnel oscuro y húmedo. Las paredes de piedra estaban talladas con símbolos antiguos que parecían brillar con una luz propia. Aria sentía que cada paso los llevaba más cerca de su objetivo, pero también más cerca del peligro.

Después de un tiempo que pareció una eternidad, llegaron a una gran cámara subterránea. En el centro de la cámara, sobre un pedestal de piedra, descansaba el Orbe de la Oscuridad. El objeto emitía un resplandor tenue y pulsante, llenando la sala con una energía inquietante.

—Ahí está —susurró Derek, su voz llena de asombro.

Aria se acercó al pedestal, su mirada fija en el orbe. Podía sentir el poder que emanaba de él, una energía antigua y poderosa que parecía resonar en su propia sangre.

—¿Cómo lo tomamos sin activar las trampas? —preguntó Nadia, mirando a Elías.

Elías estudió el orbe por un momento antes de responder.

—Hay un ritual que debemos realizar para desactivar las protecciones. Necesitaremos sangre, pero no cualquier sangre. Debe ser sangre de un líder de la resistencia.

Aria miró a Marcus, quien asintió solemnemente.

Las Crónicas de la Sangre Eterna

—Lo haré —dijo Marcus, sacando una daga de su cinturón.

Antes de que pudiera continuar, un ruido resonó en la cueva. El equipo se giró y vio a un grupo de vampiros emergiendo de las sombras, liderados por una figura que Aria no reconoció al principio.

—¡Es una trampa! —gritó Derek, desenfundando su arma.

La figura líder dio un paso adelante, y Aria sintió un escalofrío recorrer su espalda. Era alguien que conocía bien.

—Vlad —susurró Elías, reconociendo al antiguo aliado convertido en enemigo.

Vlad sonrió, su mirada fija en Aria.

—Así que aquí estamos, cazadores y traidores, reunidos en busca de poder. Pero no permitiré que se lleven el orbe.

Las Crónicas de la Sangre Eterna

Aria levantó su espada, lista para luchar.

—No te lo permitiremos, Vlad. Este poder no caerá en tus manos.

La batalla estalló de inmediato. Aria y su equipo se lanzaron contra los vampiros, luchando con todas sus fuerzas. Lina y Derek se movían con precisión letal, mientras Nadia y Marcus protegían la retaguardia.

Elías se enfrentó a Vlad, sus espadas chocando con un sonido ensordecedor. Los dos vampiros luchaban con una ferocidad que sólo podían entender aquellos que habían vivido siglos de conflicto.

Aria se abrió paso entre los enemigos, avanzando hacia el orbe. Sabía que debía protegerlo a toda costa. Mientras luchaba, notó que Marcus se estaba alejando del grupo, dirigiéndose hacia el orbe con una expresión extraña en su rostro.

Las Crónicas de la Sangre Eterna

—¡Marcus! —gritó Aria—. ¿Qué estás haciendo?

Pero antes de que pudiera detenerlo, Marcus levantó la daga y se hizo un corte profundo en la palma de su mano, dejando que su sangre cayera sobre el orbe. La energía en la sala cambió de inmediato, y el orbe comenzó a brillar con una intensidad cegadora.

—¡No! —gritó Aria, corriendo hacia él.

Pero era demasiado tarde. El orbe emitió un pulso de energía que lanzó a todos al suelo. Aria se levantó lentamente, su visión borrosa por el resplandor del orbe. Cuando pudo ver claramente, vio a Marcus de pie junto al orbe, con una sonrisa oscura en su rostro.

—Lo siento, Aria —dijo Marcus, su voz llena de amargura—. Pero esto es necesario para nuestra supervivencia.

Antes de que pudiera reaccionar, Vlad se lanzó sobre Marcus, su rostro contorsionado por la furia.

—¡Eres un traidor! —rugió Vlad, clavando sus colmillos en el cuello de Marcus.

Aria se movió rápidamente, apuñalando a Vlad en el corazón antes de que pudiera hacer más daño. Vlad cayó al suelo, muerto, pero el daño ya estaba hecho. Marcus yacía en el suelo, sangrando profusamente.

—¡Marcus! —gritó Aria, arrodillándose a su lado—. ¿Por qué?

Marcus tosió, su vida desvaneciéndose rápidamente.

—Lo hice por la resistencia... para protegernos... —susurró antes de exhalar su último aliento.

Aria sintió una oleada de tristeza y furia. Habían perdido a uno de los suyos, y el costo había sido alto. Pero sabían que no podían detenerse ahora. Con el orbe en su posesión, debían encontrar una manera de usarlo para detener a los vampiros de una vez por todas.

Elías se acercó, colocando una mano reconfortante en el hombro de Aria.

—Lo lograremos, Aria. No podemos rendirnos ahora.

Aria asintió, secándose las lágrimas.

—No, no podemos. Pero necesitamos un nuevo plan. Debemos averiguar cómo usar el orbe y el cáliz juntos.

Con una determinación renovada, el equipo se preparó para regresar al cuartel general. Sabían que la batalla final estaba aún por venir, y que debían estar preparados para enfrentarse a cualquier cosa.

Mientras salían de la cueva y se adentraban en el amanecer, Aria sabía que la lucha por la

Las Crónicas de la Sangre Eterna

libertad continuaría. Pero con el orbe y el cáliz en sus manos, tenían una oportunidad real de cambiar el curso de la historia.

Las Crónicas de la Sangre Eterna

Capítulo 9
La Batalla Final

El regreso al cuartel general fue rápido y silencioso. La pérdida de Marcus pesaba en el ánimo del equipo, pero la urgencia de la misión los mantenía enfocados. Sabían que con el Orbe de la Oscuridad y el Artefacto de la Sangre Eterna en su poder, tenían una oportunidad única para cambiar el curso de la guerra contra los vampiros.

Aria y su equipo llegaron al cuartel general al anochecer. Fueron recibidos por sus compañeros con una mezcla de alivio y preocupación. Marcus había sido un líder fuerte y su pérdida sería sentida por todos. Sin embargo, el descubrimiento del orbe y la traición de Marcus también habían dejado muchas preguntas sin respuesta.

En la sala de estrategia, Aria y Elías explicaron lo sucedido. El orbe estaba ahora seguro en la misma cámara de seguridad que el cáliz, protegido por las mejores defensas que la resistencia podía ofrecer.

—Debemos descubrir cómo usar ambos artefactos juntos —dijo Aria, mirando a sus compañeros—. Sabemos que el cáliz puede revertir la inmortalidad de los vampiros, y el orbe puede amplificar su poder. Si logramos combinarlos, podríamos poner fin a su reinado de una vez por todas.

Nadia asintió, revisando los manuscritos antiguos que habían recuperado de la fortaleza de Valerian.

—He encontrado algunas referencias en estos textos. Parece que hay un ritual específico que debemos realizar, pero es extremadamente complejo y peligroso. Necesitamos la sangre de alguien puro de corazón y dispuesto a sacrificarse.

El equipo guardó silencio por un momento, comprendiendo la magnitud del sacrificio necesario.

—Debemos encontrar a alguien dispuesto a hacerlo —dijo Derek—. No podemos obligar a nadie.

Aria asintió, sintiendo el peso de la responsabilidad.

—Lo sé. Pero primero debemos asegurarnos de que entendemos completamente el ritual y que tenemos todo lo que necesitamos.

Elías se acercó al mapa que tenían desplegado sobre la mesa.

—Según estos textos, el ritual debe realizarse en el lugar donde se forjó el cáliz, un antiguo altar en el corazón de las montañas negras. Será peligroso, pero es nuestra única oportunidad.

Aria miró a su equipo, sabiendo que el viaje sería arriesgado y que podrían no regresar.

—Nos prepararemos para partir al amanecer. Debemos estar listos para enfrentar cualquier cosa.

El equipo se dispersó para hacer sus preparativos, cada uno consciente de la importancia de la misión. Aria se quedó un momento más en la sala, mirando el mapa y pensando en lo que les esperaba.

A la mañana siguiente, el equipo se reunió en la entrada del cuartel general. Estaban listos para el viaje final hacia el corazón de las montañas negras. Con el cáliz y el orbe asegurados, emprendieron su marcha, avanzando con determinación y cautela.

El viaje fue arduo y peligroso. A medida que se adentraban más en las montañas, el terreno se volvía cada vez más traicionero. Pero finalmente, después de días de caminata, llegaron al lugar indicado en los textos antiguos.

El altar estaba situado en una caverna oculta, iluminada por una luz sobrenatural que emanaba de las paredes. En el centro de la caverna, una piedra tallada con runas antiguas servía como el lugar donde se debía realizar el ritual.

Aria colocó el cáliz y el orbe sobre el altar, sintiendo una oleada de energía resonar a través de la caverna.

—Estamos listos —dijo, mirando a sus compañeros—. Pero necesitamos la sangre de alguien puro de corazón.

Antes de que pudiera decir más, Elías dio un paso adelante.

—Yo lo haré —dijo, con una voz firme—. He vivido siglos y he visto demasiado sufrimiento. Si mi muerte puede traer paz, estoy dispuesto a hacerlo.

Las Crónicas de la Sangre Eterna

Aria sintió una oleada de tristeza, pero también de gratitud. Sabía que Elías estaba tomando una decisión valiente.

—Gracias, Elías. Tu sacrificio no será en vano.

Elías se acercó al altar, haciendo un corte profundo en su palma y dejando que su sangre goteara sobre el cáliz y el orbe. La energía en la caverna aumentó, y las runas comenzaron a brillar con una luz intensa.

—Debemos comenzar el ritual —dijo Nadia, recitando las palabras antiguas de los manuscritos.

El equipo se unió en un círculo alrededor del altar, recitando las palabras junto a Nadia. La energía en la caverna creció, resonando con una intensidad que llenaba el aire.

De repente, una explosión de luz llenó la caverna, y una figura oscura apareció en la

Las Crónicas de la Sangre Eterna

entrada. Era Draven, el señor vampírico más poderoso y el último obstáculo en su camino.

—No permitiré que completen el ritual —rugió Draven, avanzando hacia ellos con una velocidad aterradora.

Aria se lanzó hacia él, su espada chocando con la de Draven en un duelo feroz. La batalla final había comenzado, y el destino del mundo pendía de un hilo.

Derek y Lina se unieron a la lucha, mientras Nadia y Elías continuaban con el ritual. La caverna se llenó de gritos y el sonido de espadas chocando. Aria sabía que no podían permitir que Draven interrumpiera el ritual.

Con una determinación renovada, Aria atacó con toda su fuerza, empujando a Draven hacia el borde de la caverna. Draven luchaba con una ferocidad desesperada, pero Aria no se detendría.

Las Crónicas de la Sangre Eterna

—¡Por la humanidad! —gritó Aria, dando un golpe final que derribó a Draven.

Draven cayó al suelo, debilitado, pero aún vivo. Con su último aliento, lanzó una maldición sobre Aria y su equipo.

—Nunca conocerán la paz. Mi legado perdurará.

Con un esfuerzo final, Elías completó el ritual, vertiendo su sangre en el cáliz y el orbe. La energía en la caverna alcanzó su punto máximo, y una ola de luz salió del altar, envolviendo a todos en su resplandor.

Cuando la luz se desvaneció, Aria y su equipo se encontraron de pie en la caverna, con el cáliz y el orbe brillando con una luz nueva y pura. Elías yacía en el suelo, su sacrificio completado.

Aria se arrodilló junto a él, susurrando una oración de agradecimiento.

Las Crónicas de la Sangre Eterna

—Lo logramos, Elías. Tu sacrificio no será olvidado.

Con el poder del cáliz y el orbe ahora unido, la inmortalidad de los vampiros comenzó a desvanecerse. El reinado de terror había terminado, y la humanidad tenía una nueva oportunidad de vivir en libertad.

Mientras salían de la caverna, el sol se alzaba sobre el horizonte, marcando el comienzo de un nuevo día. Aria miró a sus compañeros, sabiendo que habían enfrentado y vencido la oscuridad.

—Este es solo el comienzo —dijo, con una sonrisa—. Ahora podemos empezar a construir un futuro mejor.

Con esperanza en sus corazones y la determinación de no permitir que la oscuridad regrese, Aria y su equipo regresaron al cuartel general, listos para enfrentar cualquier desafío que el futuro pudiera traer.

Las Crónicas de la Sangre Eterna

Capítulo 10
El Sacrificio

El cuartel general de la resistencia estaba en un estado de conmoción y celebración cuando Aria y su equipo regresaron con el cáliz y el orbe. La noticia de la muerte de Draven y el éxito del ritual se había extendido rápidamente, llenando a todos con una esperanza renovada. Sin embargo, la pérdida de Elías y Marcus dejaba un vacío profundo en sus corazones.

Aria se reunió con los líderes de la resistencia en la sala de estrategia. Marcus había sido una figura crucial para la resistencia, y su traición y sacrificio habían dejado muchas preguntas sin respuesta. Pero había poco tiempo para reflexionar, ya que aún había mucho trabajo por hacer.

—Con el cáliz y el orbe combinados, tenemos el poder para destruir la inmortalidad de los vampiros —dijo Aria, mirando a los líderes reunidos—. Pero debemos ser cuidadosos. Este poder puede ser tanto una bendición como una maldición.

Nadia asintió, revisando los textos antiguos.

—El ritual ha debilitado a los vampiros, pero todavía hay muchos que lucharán para recuperar su poder. Debemos asegurarnos de que el cáliz y el orbe estén bien protegidos.

Derek, siempre el pragmático, intervino.

—Necesitamos un plan para eliminar a los señores vampíricos que aún quedan. Con su liderazgo desmoronado, los vampiros serán más vulnerables.

Aria asintió, consciente de la responsabilidad que tenían.

—Formaremos equipos para localizar y eliminar a los señores vampíricos restantes. Pero también debemos encontrar un lugar seguro para esconder el cáliz y el orbe. No podemos arriesgarnos a que caigan en las manos equivocadas.

Esa noche, mientras el cuartel general se preparaba para las próximas misiones, Aria se retiró a su habitación, sintiéndose abrumada por el peso de las decisiones que debían tomarse. Sabía que la batalla no había terminado y que su sacrificio personal aún no estaba completo.

En la oscuridad de la noche, una figura apareció en la puerta de su habitación. Era Elías, su espíritu manifestándose en un resplandor etéreo.

—Elías —susurró Aria, sorprendida pero aliviada al verlo—. ¿Cómo es posible?

Elías sonrió, su presencia calmante.

—Mi espíritu está aquí para guiarte, Aria. Sabía que mi sacrificio no sería el final.

Todavía hay mucho que debes entender sobre el poder del cáliz y el orbe.

Aria se sentó en el borde de su cama, mirando a Elías con atención.

—¿Qué debo hacer? ¿Cómo podemos asegurarnos de que este poder no se vuelva contra nosotros?

Elías se acercó, su voz suave pero firme.

—Debes encontrar el Santuario de la Luz, un lugar sagrado donde el cáliz y el orbe estarán protegidos por fuerzas más allá de nuestra comprensión. Solo allí podrán descansar seguros y fuera del alcance de aquellos que buscarían abusar de su poder.

Aria asintió, comprendiendo la importancia de esta nueva misión.

—¿Dónde está el Santuario de la Luz?

—Está oculto en las tierras antiguas del este, en una región conocida por sus templos olvidados y guardianes eternos. El viaje será largo y peligroso, pero es el único lugar donde estos artefactos estarán verdaderamente a salvo.

Al amanecer, Aria reunió a su equipo y les explicó la nueva misión. Sabían que el viaje sería arriesgado, pero también comprendían la importancia de proteger el poder que habían adquirido.

Con el cáliz y el orbe asegurados en una caja especial, emprendieron su marcha hacia el este. A medida que avanzaban, se encontraron con múltiples desafíos, desde criaturas sobrenaturales hasta trampas antiguas diseñadas para proteger los secretos de la región.

Después de días de viaje, finalmente llegaron a un valle escondido, donde encontraron la entrada al Santuario de la Luz. El santuario estaba protegido por una barrera mágica, visible solo para aquellos con corazones puros y intenciones nobles.

Aria y su equipo cruzaron la barrera, sintiendo una ola de energía cálida y reconfortante. Dentro del santuario, encontraron un altar de luz pura, rodeado por estatuas de guardianes antiguos.

Con reverencia, Aria colocó el cáliz y el orbe sobre el altar. La energía del santuario se intensificó, envolviendo los artefactos en un resplandor celestial.

—Aquí estarán seguros —dijo Elías, su espíritu brillando con intensidad—. Has cumplido tu misión, Aria. Ahora el mundo puede comenzar a sanar.

Aria sintió una profunda paz en su corazón, sabiendo que habían hecho lo correcto. Mientras salían del santuario, supo que su lucha por la libertad y la justicia no había terminado, pero que habían dado un gran paso hacia un futuro mejor.

Las Crónicas de la Sangre Eterna

De regreso al cuartel general, la resistencia comenzó a reorganizarse, preparando estrategias para eliminar las últimas amenazas vampíricas. Aria se convirtió en una líder aún más fuerte, inspirando a todos con su valentía y determinación.

Con el cáliz y el orbe seguros en el Santuario de la Luz, la humanidad tenía una nueva oportunidad de vivir en paz. Pero sabían que debían permanecer vigilantes, siempre listos para enfrentar cualquier desafío que pudiera surgir.

Y así, mientras el sol se alzaba sobre un nuevo día, Aria y su equipo se prepararon para el próximo capítulo de su lucha, sabiendo que, aunque el camino fuera difícil, la esperanza siempre brillaría en sus corazones.

Las Crónicas de la Sangre Eterna

Capítulo 11
El Nuevo Amanecer

El cuartel general de la resistencia se transformó en un lugar de esperanza y renovación. La caída de los señores vampíricos había debilitado significativamente a los enemigos de la humanidad, y la recuperación del cáliz y el orbe había dado a la resistencia una ventaja crucial. Sin embargo, Aria sabía que la lucha por la libertad y la justicia aún no había terminado.

Con el cáliz y el orbe seguros en el Santuario de la Luz, la resistencia centró sus esfuerzos en eliminar las últimas amenazas vampíricas y reconstruir las comunidades humanas. Aria, ahora una líder consolidada, se encargó de dirigir las operaciones y asegurar la paz duradera.

En una mañana clara y luminosa, Aria reunió a su equipo en la sala de estrategia. Habían recibido informes de que un último enclave de vampiros, liderado por un antiguo aliado de Draven, se estaba reorganizando en las tierras del norte. Sabían que debían actuar rápidamente para eliminar esta amenaza antes de que pudiera crecer.

—Nuestro objetivo es claro —dijo Aria, señalando el mapa desplegado sobre la mesa—. Debemos destruir este último enclave y asegurar que ningún vampiro pueda amenazar a la humanidad nuevamente.

Derek asintió, su expresión decidida.

—Hemos eliminado a los más poderosos, pero no podemos subestimar a estos vampiros. Aún son peligrosos y desesperados.

Nadia revisó las provisiones y las armas.

—Tenemos todo lo que necesitamos. Debemos actuar con rapidez y precisión.

Lina, siempre la experta en tácticas explosivas, se acercó a Aria.

—Puedo preparar explosivos para destruir cualquier refugio que tengan. No les daremos ninguna oportunidad de escapar.

Aria miró a su equipo, sintiéndose agradecida por su lealtad y valentía.

—Muy bien, partimos al amanecer. Prepárense para enfrentarse a lo peor, pero recuerden por qué estamos luchando. La libertad y la paz están al alcance, y debemos asegurarnos de que duren.

El equipo pasó la noche preparándose para la misión final. Aria se retiró a su habitación, donde encontró una carta dejada por Elías antes de su sacrificio. La carta contenía palabras de sabiduría y aliento, recordándole que la verdadera fuerza venía del amor y la esperanza.

Al amanecer, el equipo se dirigió hacia el norte, avanzando con cautela y determinación. El viaje fue largo y lleno de obstáculos, pero finalmente llegaron al enclave de los vampiros. Era un antiguo castillo, escondido en lo profundo de un bosque oscuro y denso.

Aria y su equipo se movieron con sigilo, utilizando la cobertura del bosque para acercarse sin ser detectados. Lina colocó explosivos estratégicamente alrededor del castillo, mientras Derek y Nadia se preparaban para el asalto.

—Estamos listos —susurró Lina, encendiendo el detonador—. En tres, dos, uno...

Una serie de explosiones resonaron en el aire, sacudiendo los cimientos del castillo. Los vampiros emergieron, desorientados y en pánico, mientras el equipo de Aria se lanzó al ataque.

La batalla fue intensa y brutal. Aria se movía con una gracia letal, eliminando a los enemigos con una precisión mortal. Derek y Nadia luchaban a su lado, protegiéndose mutuamente y asegurando que ningún vampiro escapara.

El líder del enclave, un vampiro antiguo y poderoso llamado Lucius, apareció en la cima de una torre en ruinas. Sus ojos brillaban con una furia fría mientras observaba la destrucción de su refugio.

—¡Humanos insolentes! —rugió Lucius, lanzándose hacia ellos con una velocidad sobrenatural.

Aria lo interceptó, su espada chocando con la de Lucius en un duelo feroz. Los dos lucharon con una intensidad que solo podía venir de siglos de odio y conflicto.

Las Crónicas de la Sangre Eterna

—Este es tu fin, Lucius —dijo Aria, bloqueando un golpe y contraatacando con fuerza—. La humanidad ya no será tu presa.

Lucius rió, un sonido oscuro y siniestro.

—¿De verdad crees que puedes destruirnos a todos? Siempre habrá vampiros, siempre habrá oscuridad.

Aria sintió una ola de determinación renovada. Sabía que Lucius tenía razón en parte, pero también sabía que no podían rendirse.

—Puede que no podamos destruir toda la oscuridad, pero podemos asegurarnos de que nunca más gobierne sobre la humanidad.

Con un movimiento rápido y decisivo, Aria desarmó a Lucius y lo empujó hacia el borde de la torre. Antes de que pudiera recuperarse, lo apuñaló en el corazón con su espada, poniendo fin a su vida inmortal.

Las Crónicas de la Sangre Eterna

Con la muerte de Lucius, la resistencia había eliminado la última gran amenaza. Los vampiros restantes, desmoralizados y desorganizados, fueron rápidamente derrotados o se dispersaron, incapaces de oponer una resistencia significativa.

El equipo regresó al cuartel general, donde fueron recibidos con vítores y celebraciones. La guerra había terminado, y la humanidad finalmente era libre.

Aria, sin embargo, sabía que su trabajo no había terminado. Se reunió con los líderes de la resistencia para planificar la reconstrucción y asegurar la paz duradera.

—Debemos construir un mundo donde todos puedan vivir en libertad y seguridad —dijo Aria, su voz llena de esperanza—. Debemos recordar los sacrificios que se han hecho y asegurarnos de que nunca se repitan los errores del pasado.

Con el apoyo de sus compañeros, Aria se dedicó a la tarea de reconstrucción. Trabajaron incansablemente para restaurar las comunidades, establecer nuevas formas de gobierno y asegurar que todos tuvieran la oportunidad de prosperar.

A medida que pasaban los años, el mundo comenzó a sanar. Las cicatrices de la guerra eran profundas, pero la esperanza y la determinación de la humanidad eran más fuertes.

Aria se convirtió en una leyenda, recordada por su valentía y liderazgo. Su historia inspiró a generaciones futuras, recordándoles que, aunque la oscuridad siempre está presente, la luz y la esperanza pueden prevalecer.

En su corazón, Aria sabía que Elías y Marcus habían encontrado la paz, y que sus sacrificios no habían sido en vano. Miró al horizonte, viendo el amanecer de un nuevo

Las Crónicas de la Sangre Eterna

día y sabiendo que el futuro estaba lleno de promesas.

Y así, con el mundo en un nuevo amanecer, Aria y su equipo continuaron su labor, dedicados a la protección de la libertad y la justicia, sabiendo que siempre habría desafíos, pero también siempre habría esperanza.

Damian Almaraz

Epílogo: Un Nuevo Comienzo

El tiempo había pasado desde la caída de los señores vampíricos, y el mundo había comenzado a sanar. La resistencia se había transformado en un grupo dedicado a la reconstrucción y la protección de las comunidades humanas. Las cicatrices de la guerra eran profundas, pero la determinación de la humanidad de crear un futuro mejor era más fuerte que nunca.

Aria se encontraba en una colina, mirando hacia el horizonte. El sol se alzaba sobre un paisaje renovado, donde la vida y la esperanza florecían. A su lado, Derek y Nadia observaban con una mezcla de orgullo y satisfacción.

—Hemos recorrido un largo camino —dijo Derek, rompiendo el silencio—. Pero valió la pena.

Las Crónicas de la Sangre Eterna

Nadia asintió, su mirada fija en el pueblo que habían ayudado a reconstruir.

—Cada sacrificio, cada batalla... todo nos llevó a este momento.

Aria sonrió, sintiendo una paz que no había conocido en mucho tiempo.

—El mundo es un lugar diferente ahora, gracias a todos nosotros. Pero nuestra labor no ha terminado. Debemos asegurarnos de que esta paz perdure.

Mientras hablaban, una figura familiar se acercó. Era Lina, con una sonrisa en su rostro y una chispa de emoción en sus ojos.

—Tengo noticias —dijo Lina—. Hemos encontrado un nuevo enclave de humanos en el este. Necesitan nuestra ayuda para establecerse y protegerse.

Aria asintió, sintiendo la determinación renovada.

Las Crónicas de la Sangre Eterna

—Entonces partiremos al amanecer. La paz y la libertad son un trabajo constante, y debemos estar siempre vigilantes.

Con un último vistazo al horizonte, el equipo regresó al pueblo, donde los esperaba una nueva misión. Sabían que el camino sería largo y lleno de desafíos, pero también sabían que juntos podían enfrentar cualquier cosa.

Mientras caminaban hacia el futuro, Aria recordó las palabras de Elías y Marcus, sintiendo su espíritu y guía en cada paso que daba. Habían sacrificado tanto para llegar aquí, y ahora era su responsabilidad proteger y nutrir el mundo que habían ayudado a crear.

Con esperanza en sus corazones y la determinación de no permitir que la oscuridad regresara, Aria y su equipo se prepararon para la próxima aventura, sabiendo que mientras hubiera amor, valentía y unidad, siempre habría un nuevo amanecer.

Las Crónicas de la Sangre Eterna

Damian Almaraz

Las Crónicas de la Sangre Eterna